付华 著

郑州大学出版社

图书在版编目(CIP)数据

虹 / 付华著. — 郑州 : 郑州大学出版社,2022.2(2024.6 重印)
ISBN 978-7-5645-8528-0

Ⅰ. ①虹… Ⅱ. ①付… Ⅲ. ①诗集-中国-当代
Ⅳ. ①I227

中国版本图书馆 CIP 数据核字(2022)第 018643 号

虹
HONG

策划编辑	李勇军	封面设计	孙文恒
责任编辑	暴晓楠	版式设计	孙文恒
责任校对	刘晓晓	责任监制	李瑞卿

出版发行	郑州大学出版社(http://www.zzup.cn)
地　　址	郑州市大学路 40 号(450052)
出 版 人	孙保营
发行电话	0371-66966070
经　　销	全国新华书店
印　　刷	山东华立印务有限公司
开　　本	890 mm × 1 240 mm　1 / 32
印　　张	9.75
字　　数	198 千字
版　　次	2022 年 2 月第 1 版
印　　次	2024 年 6 月第 2 次印刷

书　　号　ISBN 978-7-5645-8528-0　定　　价　48.00 元

本书如有印装质量问题,请与本社联系调换。

序

当今社会，随着改革开放日益深入，物质生活极大丰富，人们越来越安于享乐。更兼国门洞开，西风渐进，潜移默化地诱使更多的人汲汲于物质利益。付华同志并没有随波逐流，去求田问舍，去争利于市，却反其道而行之，在“天下熙熙，皆为利来；天下攘攘，皆为利往”的今天，在世风沉醉、喧嚣浮躁的当下，能不为金钱利益所诱惑，夜阑青灯相伴，呕心沥血创作，坚守着诗歌这块日渐萎缩的圣坛，以至于硕果累累，怎能不令人肃然起敬！

付华同志长期从事纪检监察工作，这必然会在他的内心产生强烈反响，最终，付诸饱含激情的笔端，转化为一行行发人深省的诗句。当然，也正是出于职业的缘故，让纪检监察工作入诗，他具备得天独厚的条件，这也正是他的一大优势。更兼他有着强烈的责任感、使命感，促使他不由自主地就要去呐喊，去鞭挞，去讴歌。因此，他所创作的这类题材的诗歌作品，必然是掷地有声、振聋发聩！

从严治党向纵深/铁拳治标促治本/惩防并举两手硬/注重预防固基根。

中原大地廉风劲/以案促改求创新/反腐利剑斩病树/赢得四方万木春。

这首《以案促改之歌》，直接把纪检监察工作中的一个新举措以诗歌的形式吟唱出来，这对教育党员干部，向人民群众宣传和普及纪检监察基本知识，无疑是一个捷径，是行之有效的宣教手段，更为人民群众所喜闻乐见。《元旦正气歌》《廉花竞放》《观〈巡视利剑〉有感》等作品，均属此类。

近年来，社会上涌动着一股暗流：有些人刻意抹黑我们的英雄人物，歪曲党的光辉历史，一度不同程度地引起人们思想上的混乱。这种行径，特别有害于青年的健康成长。“天地英雄气，千秋尚凛然。”无数英雄先烈是我们民族的脊梁，是我们不断开拓进取的勇气和力量所在。正如习近平总书记所说的：“一个有希望的民族不能没有英雄，一个有前途的国家不能没有先锋。”他语重心长地说：“对中华民族的英雄，要心怀崇敬，浓墨重彩记录英雄、塑造英雄，让英雄在文艺作品中得到传扬，引导人民树立正确的历史观、民族观、国家观、文化观，绝不做亵渎祖先、亵渎经典、亵渎英雄的事情。”客观地说，多年来，写英雄的文艺作品少之又少，写英雄的诗歌更是凤毛麟角。而民族英雄群体一直是付华同志心目中最闪光耀眼的坐标。他以朴素的民族感情，崇尚英雄，缅怀先烈，于是，就自觉地肩负起这一光荣而又紧迫的历史使命，尽其所能地以诗歌形式重塑人民英雄的形象，歌颂和宣扬他们的不朽事迹。“风声雨声读书声，声声入耳；家事国事天下事，事事关心。”真正的诗人必然是性情中人，绝不会“两耳不闻窗外事，一心只读圣贤书”，躲在所谓的“象牙塔”里，摇头晃脑地去吟哦靡靡之声；相反，他们总有悲天悯人的情怀，密切关注社会生活，感同身受地体验民间疾苦，总是“先天下之忧而忧，后天下之乐而乐”。毫无疑问，付华同志就属于这一类诗人。他以宽阔的胸襟、开阔的视野，密切关注着社会的动态和变迁，改革开放的历史进程、祖国日新月异的变化，在他的诗歌里总有不同程度的呈现和回响；对于给人民的生命财产造成巨大损失的天灾人祸，他更是萦绕于怀，牵挂不已，通过诗歌加以记录和传播。

当然，付华同志更多的作品是吟诵祖国和家乡。爱国家，重乡情，这是所有正直、善良的人与生俱来的品格，诗人更是如此。

作为新时代的诗人，付华不仅“读万卷书”，而且“行万里路”，以拓宽视野，深入生活，陶冶性情，厚积素材，最终能更好地展露才华，纵情地歌颂祖国，歌颂人民，歌颂新时代。

厦门的沁心碧绿，溆浦的涌金稻菽，上海的明珠擎天，周庄的碧波柳影，昆明的芳华永驻，黄果树的落瀑飞降，北戴河的浪击碣石，山海关的寒霜清辉，乐山大佛的宠辱若云，玉龙雪山的纯净庄严……所有这些，无不在他的诗篇里摇曳多姿，熠熠生辉。欣赏这些诗歌，总能激起人们对伟大祖国的无限爱恋之情。

诗人对家乡更是寄托了拳拳深情。《腾飞吧，汝南》《登天中山》等作品，就淋漓尽致地表现了诗人对家乡的无限眷恋。诗人对家乡的山山水水，一草一木，是如此热爱和痴迷，对家乡厚重灿烂的历史，又是如此引以为傲，纵情讴歌。

在诗集里，还有一些不事雕琢、清新隽永的小诗，如《七夕漫想》《想你》《你》《松花江》《北戴河》《过凯里》等作品，好像脱口而出，信手拈来，却意味深长，让人回味无穷。例如《你》，诗人吟唱道：

你送我一缕芬芳/我把它洒在身上/追忆你的影子/细品春天的佳酿

你送我一束晨光/我把它挂在窗上/勾起我的诗情/高歌夏日的奔放

你送我一片月光/我把它绣在枕上/相拥窃窃私语/酣入秋夜的梦乡

你送我一枝红梅/我把它捧在手上/任凭漫天雪舞/温暖严冬的心房

你送我一份念想/我把它融入血液/无论春夏秋冬/昼夜不息地流淌

当然，我们赞赏付华同志的诗歌，并不是说他的作品已完美臻至，并不意味着他的写作技巧已登堂入室。学无止境，诗艺渊深，“妙手”尚需“偶得”，更何况我们终属凡夫俗子。杜甫曾有“为人性僻耽佳句，语不惊人死不休”的铮铮誓言，而惊人之句，却是以不死不休为代价的。这就不难理解贾岛“二句三年得，一吟双泪流”、曹雪芹“满纸荒唐言，一把辛酸泪”这些沉重而又悲怆的创作体验了。写诗难，写好诗更难，写流芳千古的名诗更是难乎其难！在这里不妨套用一句名言来喻诗：在诗歌创作上是没有平坦的大路可走的，只有那在崎岖小路上攀登不畏劳苦的人，才有希望到达光辉的顶点！

诚然，付华同志创作出数量众多的诗歌作品，已是呕心沥血，实属不易。作为他诗歌作品的一名读者，我却仍然希冀他能再接再厉、精益求精，百尺竿头，再进一步。这样做，是否有些得陇望蜀，贪心不足？是否有些苛求于诗人？答案当然是否定的。因为只有读者永不满足、永无止境的审美需求，才能强有力地推动诗人创作出更多脍炙人口的佳作；反过来，诗人再通过这些佳作，使广大读者在领略诗歌语言美和韵律美的同时，能感同身受地体会到诗人所阐述的人生和社会的哲理，体会到诗人的爱憎标准、价值取向和审美情趣，进而探究人类生存的智慧和意义，并从中获取在困境中生存的力量，从而影响和推动读者不断完善自我，超越自我，朝着理想的完美的人生迈进。

“路曼曼其修远兮，吾将上下而求索。”在诗艺探索的道路上，我们期待诗人付华能有新的突破和跨越。令人欣喜的是，诗人付华春秋鼎盛，英姿勃发，又有长期的诗歌创作实践和丰富经验，再经过长期的持之以恒的艺术探索，如果真能做到深入群众，深入生活，自觉与人民同呼吸，共命运，心连心，欢乐着人民的欢乐，忧患着人民的忧患，发扬为民服务孺子牛、创新发展拓荒牛、艰苦奋斗老黄牛的“三牛”精神，那么，他就一定能够创作出无愧于时代，无负于韶华的优秀作品。

“长风破浪会有时，直挂云帆济沧海。”我坚信：诗人付华绝对不会让厚爱他的读者失望，他一定会给人们带来新的惊喜！

让我们拭目以待！

刘进才

（作者系河南大学文学院教授、博士生导师）

目 录

腾飞吧，汝南

——汝南改革开放四十年献礼

四十年
茫茫时空中的一个瞬间
四十年
历史长河里的一个浪尖
车轮滚滚向前
走过沧海桑田
迎来天蚕再变
新姿汝南
英气逼人
豪气冲天
她挥动巨椽
绘出绚丽的画卷

带垛口的城墙
惊大了双眼
英雄的历史
被她诉说了千万遍
在这片热土上

有无数次鏖战上演
足以让这座古城
恒越千年

汝河的水
荡开层层波澜
随风便泼墨成一幅无须装帧的画面
有多少英雄豪杰
有多少文人骚客
铺开画卷
忠勇之举
慧心一点
便谱写出了一首首荡气回肠的壮丽诗篇
一部《说文解字》
让许慎成为一代儒男
一场“鸡黍之交”
看张劭明义守信
斩杀名将关云长
昭示吕蒙一身肝胆
毒死叛臣李希烈
窦桂娘生性果敢
明代汝南的进士
占据了朝廷半边天

生在汝南
怎不傲岸

千年古县
见证了多少忠臣良将
名流先贤
他们与百姓同呼吸
他们和社稷共患难
北魏孝文帝会宴群臣汝南
颜真卿招降李希烈殉国汝南
欧阳修最后任知州官拜汝南
苏轼被贬黄州途经汝南
留下了“淮西功业冠吾唐，吏部文章日月光”的不朽诗句
一个个忧国忧民的感人故事
彪炳千秋
光照寰宇
厚重的文化积淀
盛名千年

那宿鸭湖的粼粼波澜
诠释着中国最大人工湖的浩瀚
沿湖开发热火朝天

倾力打造国际乐园

那天中山的碑刻
诉说着日月精华的中心集散
四季芳香四溢
层峦叠翠尽染

那南海禅寺的楼阁飞檐
彰显着亚洲第一寺院的肃穆庄严
碧瓦朱甍彩云间
佛光呈祥照大千

那梁祝故里的坟冢
讲述着梁祝爱情的唯美凄婉
一曲悲歌泣鬼神
千古绝唱动尘寰

那悟颖塔
以荷为伴
一尘不染
凝聚千年历史
见证风云变幻

那二百八十处文化遗址的呈现
告诉你一个客观事实
汝南——文化名县
实不枉然

俱往矣
辉煌成就
还看今天

改革开放如春雷炸响
激荡九州云天
敏锐的汝南
睁开慧眼
抖擞双肩
迎接新的挑战
拥抱多元的世界

天中人强抓机遇努力蜕变
披荆斩棘
攻坚克难
实施项目带动战略
主导产业驱动向前
惠政架起通天路

客商争相入汝南
产业如雨后春笋
工厂似百花争艳
三纵五横工业园
方圆万千顷
员工拥数万
座座厂房拔地起
生产线上机轮转
构建恢宏的电动车城
摘取行业王国的桂冠
闻名四海
雄踞中原
一个个知名的品牌
一张张亮丽的名片
乘着“一带一路”的东风
远渡重洋
销往海外
为中原崛起做出了贡献
也为“中国制造”贴上了汝南标签
天中为之骄傲
四方为之惊叹
拥有数百家企业的工业园
是汝南最有活力的看点

出口的二百多种产品
让三十多个国家的人民
吃得心安
用得心欢
他们跷起大拇指不住地称赞
OK，汝南

全国平原绿化先进县
全国油料生产百强县
全国文化先进县
全国科技工作先进县
全国村民自治模范县
全国温室技术推广协作县
一个个称号恰似一道道光环
让汝南的形象更加亮丽丰满
让九州宾朋为之向往百般

大美汝南
与时俱进
科学发展
新农村建设争超凡
敢教日月换新天
乡村蜕变为城市

城市创建为乐园
文明富裕
魅力无限
琳琅的商品直逼你的眼
那一条条街道整洁规范
那一个个小区温馨舒坦
那一片片景区热闹非凡
商场里的物品日益高端
广场上的舞蹈越发优美
人们懂得了益寿延年
人们学会了科学健身
各式建筑都像披上了节日的装扮
大家自豪的就是国家级卫生城市的光环
悬瓠城
亭台尽相望
楼榭穿云汉
绿荫撑华盖
花绽如雪乱
登高俯瞰不夜城
火树银花开
流光溢彩展
城市之夜赛银汉
天地合一梦魂牵

人间天堂
天上人间
各种灯光争先恐后向你发出邀请函
不到街上一览
你情何以堪
男女老幼
在这座城市都能找到各自的精神家园
一句一言的交谈
一左一右的温婉
一前一后的追赶
一招一式的演练
一呼一吸的参禅
整座城市都兴奋难眠

新长征号角争鸣
新时代战旗招展
打响蓝天保卫战
向环境整治进军
向三大污染宣战
铁腕不软
重拳连环
处处鸟语花香
久违彩虹重现

打造清净世界
阔步仙境人间

脱贫攻坚鸣金收官
脱贫摘帽
是冲锋之役
是最后决战
千秋伟业
光照寰宇
将改变世界经济版图
永远载入共和国档案
齐奔小康
共筑梦圆
胜利的旗帜
必将永远高高飘扬在巍巍昆仑之巅
反腐倡廉
利剑寒光闪闪
扫黑除恶
风暴横扫席卷
优化政治生态
尽享国泰民安
新姿汝南
气象万千

汝南巨变
壮举空前
这是改革的前沿
这是开放的典范
这是共筑伟大梦想的标杆
这更是天中儿女交出的一份优秀答卷

全县干群正沿着新时代的康庄大道
在新一届县委县政府的正确领导下
向着“下一个百年”的胜利彼岸
栉风沐雨　击棹扬帆
不忘初心　奋勇向前
让崛起的中原聚焦汝南
让美丽的汝南叫响九天

雏鹰啊飞翔

六月里的麦浪
铺满了金黄
六月里的瓜果
飘散着芳香
布谷鸟在树林间欢快地歌唱
小燕子在田野里自由地飞翔
又一个夏天
展现出了蓬勃的力量

天中沃土里
方寸都彰显着生机
孕育着希望
汝南大地上
到处都变幻着美丽
演绎着辉煌

看那林林的小学校园
不由得让你心生感叹

蓊郁的佳木
错落有变
多彩的鲜花
争奇斗艳
齐全的设施
先进高端
洁净的校园
一尘不染
这些得益于上级领导部门的
宏观决断
这些得益于汝南县各学校的
均衡发展

天中园丁
披荆斩棘
筚路蓝缕
奋进河清海晏时
腾飞逐梦最前沿
呕心沥血
汗水浇灌
株株幼苗枝叶繁
季季丰收仓廪满
天中校园

博得赞誉
赢得发展
奋进的典范
为师的标杆
栋梁的摇篮

百年大计
教育为先
教书育人
起始关键
作为天中园丁
谁不是在用青春书写诗篇
作为汝南教师
谁不是在用双手托起明天

名师大家亲临指点
示范课、公开课
优秀教师引领杏坛
观摩教学
分享经验
听评教研
攻玉他山

文体活动多异彩
文化生活盛空前
琴棋书画皆妙手
吹拉弹唱尽高手
且看体操多健美
身姿婀娜舞翩翩
欢乐大课间
人人似充电
师生联动
笑语欢颜
益智健体
热烈空前

开展特色社会实践
提升少儿兴趣盎然
亲子同游
温馨怡然
活动竞技
你追我赶
家长走进课堂
各行纷登讲坛
留守儿童多
隔代教育难

校园如家心暖暖
园丁似母情绵绵
在爱的世界里体味幸福
如梦似幻
在情的海洋里享受快乐
妙不可言

德育铸魂
传统文化进校园
特色兴校
培植教育增长点
文明礼貌月
学雷锋　比真善
蔚然成风春满园
消防应急时
快疏散　比果敢
花儿怒放香满园
走出校园
走进五彩斑斓的世界
走进自然
走向万紫千红的春天
走进医院
当一回小小牙医

走进超市
做一次禁烟宣传员
走进岗亭
学一学交警爱岗位
走进田野
看一看农民伯伯种良田

网络架金桥
家校一线牵
师生互动
沟通无限
因材施教
齐抓共管
让孩子健健康康
是家长的共同心愿
让学校平平安安
是老师的责任忧患
同心构建和谐环境
携手打造平安校园
欣欣汝南
完美呈现

回望过去

满眼收获喜欲狂
放眼来路
重任在肩慨而慷
立足课堂
初心不忘
天中山下
战鼓催征情酣畅
悬瓠城外
乘风破浪路漫长
天中园丁
恰逢中国梦的大气场
天中园丁
共谱新时代的新篇章
让花朵绽放
让雏鹰飞翔

鸾翔凤集

济源因山得势
因水得名
吸引着无数的墨客到此
观高峡平湖
云蒸泉涌
谁人不被迷醉
赏春花秋叶
拥林海浩瀚
怎一个千般婀娜温婉
看奇峰巧立
幽谷逸壑
怎不叫人动魄兴叹
携手霜月时
你有南国的柔媚
侧履渡云时
又不失北国的刚健
山水交相辉映
好一幅巍然雄奇别有洞天

魅力四射的济源
多少文人为你倾情赋诗
风光旖旎的王屋
多少墨客为你挥笔作文

李白结伴杜甫、高适
登临雄奇的王屋山
被司马承祯的巨幅壁画折服
不由得气吐幽兰
挥毫写下了
“山高水长，物象千万”的壮美诗篇
其文采飞扬
且意蕴隽永
在岁月流转中
俨然是一道亮丽的风景线
墨宝被故宫博物院收藏
这是诗仙唯一的手迹真传

谁人不把美好向往
谁人不把自由眷恋
在这片多情的土地上
也有凄美的爱情故事上演
李商隐和玉真公主侍女宋华阳

同时修道王屋山
一个才华横溢
一个芙蓉如面
一个学富五车
一个姿态万千
彼此倾心相悦
开启一段美丽的奇缘
才子佳人畅谈心曲
在幽谷云影下几尽缠绵
不料公主棒打鸳鸯
终把有情人儿拆散
李商隐写下了千古绝唱
字字涕泪
那是何等的凄凉哀婉
相见时难别亦难
东风无力百花残
春蚕到死丝方尽
蜡炬成灰泪始干
你的蚀骨相思
你的魂牵梦绕
怎抵得过公主弄权
你的倾情之作
成了爱情诗歌的经典

站在王屋山上
不禁浮想联翩
那封建礼教
那阶级观念
已经把人们禁锢了千百年
钟磬梵歌不可僭越
道乐玄理岂容褒贬
李商隐的落寞
宋华阳的幽怨
惊起三更情缘梦断
你的爱而不得
终随着时光的流逝
留下了千古遗憾
谁能打破这清规戒律
让真爱放飞人间

先锋之歌

你的名字普普通通
普通中蕴藏着不群
不群中透露出刚劲

你的相貌平平常常
平常中包含着沉稳
沉稳中流露出坚韧

天中山下的骄子
付常运
人们在由衷地传颂你
牢记使命
不忘初心
宿鸭湖畔的楷模
付常运
人们在倾情地赞美你
务实重干
勤政为民

你是一座耸起的高山
为百姓阻挡寒风
为群众遮蔽雨淋
你是一条清澈的河流
为干涸送去甘霖
为田园四季芳存
你是一棵挺拔的大树
为乡亲撑起华盖
为桑梓洒下绿荫
你是一个健步的旗手
为公仆树起标杆
为催征抖擞精神

你是共和国大厦的中流砥柱
是永葆本色的共产党人
是新长征高高擎起的旗帜
是中国梦弘扬的新时代精神

你用简易的笔画
勾勒出希望的画卷
一撇直上碧空九霄
一捺深入大地生根

似钢柱
如铁梁
承托你的理想
力挽千钧

你用铿锵的音符
谱成一曲悦耳的神韵
一扬嘹亮家国情怀
一抑奏出百姓心音
似黄钟
如大吕
坚定你的信念
气撼乾坤

你谱写的创业传奇
吸引着千万人惊羡的眼神
你辉煌的业绩
蕴藏着扣人心弦的大新闻

一个勇往直前的领头雁
一个土生土长的庄稼人
用惊人的毅力
过人的胆略

非凡的干劲
带领宋庄人民
科学发展
与时俱进
硬是把一个贫穷落后的“瘫痪村”
打造成乡村里的花园
花园里的乡村

创建大棚蔬菜王国
科学论证
示范带动
有条不紊
引技术
跑项目
筹资金
千座大棚拔地起
如雨后春笋
似百花争春
利达三江
财源滚滚
摇钱树
聚宝盆
绿色崛起

产业支撑
让大美宋庄
声名鹊起
闻名远近

如今大棚蔬菜产业
正规避风险
迎接挑战
创品牌
上精品
向着更高目标迈进

组建联合收割机大军
随着江南的一则电讯
数百台车辆
浩浩荡荡
车轮滚滚
下湖广
入中原
赴东北
财通四海
日进斗金
每年收入六千万

就业劳力近千人

第三产业
方兴未艾
三驾马车
日行千里
齐头并进

一个人的掌舵
一村人的洒脱
崛起的宋庄
微博经营
网销产品
轿车出行
别墅如林
生活欣欣
幸福殷殷
妇孺披金戴银
餐桌荤素均匀
人人笑梦频
农院竞温馨
芳林掩映
繁花似锦

崛起的宋庄
正舞动腾飞的翅膀
伴随着嘹亮的歌声
向着更美好的梦想奋进
演奏出新时代的最强音

让温情飞起

花蕾一季
风采迷人
装扮大地
笑在春风中
开在阳光里
芬芳在我的心扉
任晚来风急
暴雨侵袭
抹不去你的影子
浇不醒我的梦呓

候鸟一季
筑巢枝丫上
安家绿荫里
你在我的窗前翩飞
绽放美丽
为生机放歌
满怀希冀

于朝晖中
在夕霞里
飞舞着对春的眷恋
吟唱着毕生的誓言

蝴蝶飞起
张开翅膀
为心仪的花儿遮风挡雨
纵使淋湿双翼
亦无所畏惧
蝶恋花
花恋蝶
嵌你的名字在我心底
哪怕历尽艰险
亦会欢欣无比

一条游鱼
在你浣纱的小溪
贴着你的肌肤小憩
偶尔泛出一丝丝的涟漪
那是释放的某种气息
当严冬袭来
在冰冷的水里

也会隔着冰面天天寻觅
那种欲见不能的焦虑
让水底世界不能沉寂

相怜长相忆
守真情不移
岁月高风起
扁舟扬万里
愿与你并肩互励
晚霞悠笛
愿与你携手天际
续写传奇

元旦正气歌

红日东升
云蒸霞蔚
万里风平
忆往昔
岁月峥嵘
盛会激奋寰宇
光辉思想普照
赢得五洲欢腾
千秋伟业超古冠今
辉煌成就
举世瞩目天下震惊
从严治党
反腐倡廉激浊扬清
利剑痛斩病树
换来四方万木葱葱

忠诚卫士
提素质

守纪律
做标杆
把打铁的人
锤炼成铁打的尖兵
忠诚干净担当
诠释着
对人民的无限热爱
用一腔热血
铸就对党的无限忠诚
义薄云天
天朗气清
亿万民众尽享盛世太平
新年的曙光已经到来
让我们
乘着监察体制改革的东风
维护法纪尊严
横扫虎蝇
再发冲锋
战旗猎猎
号角争鸣
决胜小康众志成城
看我锦绣大地
龙腾虎跃

神州巨轮劈波前行

风云际会

春潮涌动

构筑梦想

民族复兴

光辉思想

引领我们迈向一个更加崭新的征程

相逢是一首歌

高中毕业一别
二十九年
人生长河
漫长而短暂
酸辣苦甜
皆过眼云烟
遥想当年
风华正茂
激扬文字
指点江山
同窗三载
情同手足
悄悄话儿
曾说在教室里
操场上
林荫下
小河边

同窗共读

曾结伴拜谒梁祝墓

寥落荒凉

枯草连天

潸然泪下

转眼各奔东西

天各一边

纵使远在万里

从未忘怀

为了一见

魂牵梦绕

翘首以盼

未见千言万语

相见千头万绪

浮想联翩

感慨万千

二十九年里

有喜悦的泪

思念的泪

忧伤的泪

辛酸的泪

今天相聚

所有的泪水
都将化作美酒一杯
来吧
同学们
干杯
为了来日再见
来吧
同学们
干杯
携手共育友谊树
葱葱茏茏青万年

朋友

你从落日的余光中走来
你从纷飞的思绪中走来
带着丝丝热切
携着厚厚暖意
飘然而至
驱散我天空的阴霾
谈吐飞扬着诗绪
天南地北　古往今来
引领我
穿越时光的隧道
跨越万里空间的险隘
去领略别有洞天的世外桃源

谈笑间
仿佛惊扰了天空中的星
星星
一个个探出脑袋
眨着明亮的眼睛

似乎在不停地喝彩
又似乎要点亮你回家的路
彼此全然不顾
依旧畅游于漫无边际的话海
你向万家灯火中走去
你向茶香流溢的情节里走去
你离去的足音踏响的不是马路
而是我用牵挂的花瓣洒满的
一条惆怅的花带……

七夕漫想

今晚
浩荡银河两岸
一对怨女痴男
煎熬了又一年
苦苦期盼
魂牵梦绕
思纷纷
泪涟涟
湿罗巾
肠欲断
一曲动人的绝唱
流传悠悠数千年

今晚
银汉盈盈迢迢
几多离合悲欢
爱恨情愁
激荡在无数情侣的心间

一个凄美的传说
让情种挥洒了无尽的哀婉

今晚
爱情的力量撼天动地
让苍天垂泪
星辰迷蒙
嫦娥泣匿西山
鸟儿向呢喃
沙鸥栖暖滩
喜鹊衔枝
黄鹂唱晚
一切的一切
诠释着爱的牵念
情的绵绵

今晚
问世间
情为何物
直教人生死相许
枕上发尽千般愿
要休且到青山烂
天不老

情难断
永恒的话题
忠贞的誓言
荡气回肠
扣人心弦

今晚
向历史长河深处漫溯
几多才子佳人
谱写出爱情的不朽诗篇
李白醉意蒙眬
卷帷望月空长叹
美人如花隔云端
凄苦欲绝
望天兴叹
李商隐夜雨难眠
欲话巴山
奈何西窗烛
无人共剪

情思撩拨
心生幽怨
李清照婉约作词

惜别伤离方寸乱
泪湿罗衣脂粉满
如歌如泣
悱恻缠绵

今晚
天空鸿雁翩飞
大地玫香飘散
把酒当歌
传杯弄盏
酒不醉人
心醉万般
誓如海深
盟比山坚
思绪如云万千重
爱恨如水与江连

今晚
我欲乘着风
直飞银河畔
淘尽河水
让牛郎织女不再有天堑之隔
团聚相爱到永远

今晚
我恨不能定格时间
缩小空间
让有情人相聚不分离
一诉衷情尽缠绵

今晚
我欲摘下五百二十颗星钻
为你做一款精美绝伦的项链
贴上永恒的标签
见证挚爱的奇观

今晚
我欲裁下一片彩云
为你做一件礼裙
穿上它
步入我真情王国的宫殿

化蝶之殇

滚滚红尘
行云变幻
几世的回眸
才能换得今生的一次擦肩
大江淘尽多少风流种
谁人不期盼
那爱入骨髓的一世情缘
最数梁祝付真情
鸳梦难成离恨天
江河泣涌
歌管声绝
恨到何时方是休
望水风空落
斜晖脉脉
翠华一去
深愁锁庭院
挥泪抛洒三千丈
凋花乱鬓倚横栏

不堪看
小楼吹彻夜雨
落花深处
碎红正乱
一帘风月凄凄
梧桐寂寞
几多遗憾
凝眸泣涕涟涟
仰天发问
恩爱谁成全
曾记当年草桥下
瑶草青青
鸳鸯嬉戏
云翳遮堤岸
绿柳扶风
莺啼于树
一碧连霄汉
山伯英台不期遇
小风荡心猿
一个风华绝代
一个翩翩少年
似曾相识两相悦
约略颦轻笑浅

飞花逐月
小艳梳香
牵手相见欢
茫茫人海
知音总难觅
捧土拜金兰
誓言掷地
情比石坚
任岁月蹉跎
烟云浩渺
携风雨共患
不求闻达于世
尽揽天地之宽
光阴易逝
早取韶华
学海纳百川

自此后
山中书院
求学若渴
春桃夏叶几回搏
静夜听蝉鸣
形影不离

朝夕相伴
吟诗作赋
挥毫泼墨
抚琴筝
醉音色之绝美
畅书海
感墨韵之幽远
晚来小憩
看斜阳西坠
一杯清茶品滋味
对弈享悠闲
曾几何时
看桂影偷移
借问嫦娥
何日月常圆
霓裳一舞
盼佳期如至
尽踏山林风晚
三年同窗共载
暗生情愫
心梦旖旎
玉露润腮颊
奈何祝氏家书至

分离在即
神魂落寞人怅然

十八里相送
情切切
山路几弯弯
借景且把终身许
英台示爱
欲芳心暗度
情意缠绵
山峦叠翠
溪水潺潺
玉蝶翩跹
心藏挚爱
诉与君先知
一袭幽影
娇容羞醉
情深意难掩
清风盈袖
笑靥如花
明眸迷离
为你痴情一片
且愿君心似我心

蕙质幽兰
与君携手
恰卧水娇柔并蒂莲
心心相依
天荒地老
千里共婵娟

谁料
东风交恶
霜雪寒
云梦惊断
父母之命如利刃
情缘划碎
枷锁羁绊
有情终被无情伤
深闺愁怨浸纱绢
更鼓相催
双眉紧皱
踱步响钗环
伤情处
心痛欲焚
啼血断雁
画楼几凄然

夜夜相思
情难尽
寂寞不堪言
霾日昏昏
消得人憔悴
五更烛火残
雾茫茫
隔断红尘路
山伯含恨归去
英台咳血染衣衫
随君去
心决绝
身穿缟素
泪目滂沱向坟前
生不同衾
死亦同穴
将身化作蝴蝶美
双宿双飞
搏翼天涯远
林荫陌上
玉露渐凝染
灼灼依偎
爱海阔无边

三生相守

潇潇烟雨阑珊

人间挚爱

生死与共

盈盈一水间

从此梁祝化蝶

千古绝唱

瑰丽永驻

成华夏经典

震古今中外

璀璨浩瀚天地人寰

“5·20”抒怀

又遇“5·20”
诗情引痴情
思绪如云万千重
愁绪似水连江平
滴滴寄相思
字字诉衷情
还见桃花
灼灼其华
芳菲尽春风
堤岸柳色
沐浴晴明
羽燕正飞鸣
掠水轻盈
一袭幽影
倾慕不言中
春花何时了
枫叶几时红
恨平生

忆相逢
几回魂梦与君同
珍爱守三生

此生缘
你我牵手
荡漾心旌
笑靥如花红
誓比海深
盟若山坚
执子之手意万重
凭栏一指
诗心不改
一曲相思付管筝
明眸如水
皓月千里
万般柔情几相拥

蝴蝶翩飞
醉了谁的美
只身惊艳过楼亭
悲欢离合
一日三秋

冬去春来忆曾经
心藏挚爱
情穿长空
凌云扶雁气韵浓
江山如画
墨染丹青
携情掩泪笑苍穹

怨女痴男
羡煞斯人
枝头黄莺正呢喃
盈盈红袖
梳艳留香
风雨相伴随形影
绿草萋萋
琴音缭绕
多少鸳梦总痴情
爱在桃园
缘深缘浅
多情自是总相逢

新月一枚
清露一泓

心扉依旧爱无声
时光流转
白云悠悠
“爱”字刻满心胸
红尘暗度
知音难觅
你我演绎爱的恢宏
浩宇茫茫
江天一色
一生携手镌永恒

无题

“5·20”
双燕飞鸣
雨落苍穹
泣如雨
诉如风
誓比海深
盟若山硬
思绪如云万千重
爱恨似水连海平

风吹过
雨歇停
鸿雁翩飞
烟雨空蒙
一缕相思寄花红
万般柔情满围城

悲欢离合

恩怨情仇
多少情侣羡煞人
几多念想入梦中
凭栏望南天

有几时
空忆曾经
仗剑天涯行
一身豪气化柔情
朗朗乾坤终一梦

看古今
天地转
山河永
白云悠悠转头空
梁祝飞蝶镌永恒

冬之韵

百花蔫
菊花残
物华惨淡
红绿锐减
寒来袭
飞鸟还
夕阳衔山
枫叶染丹
雪将舞
雁南归
霜满天
千里黄云飞渡
万里冽风漫卷
塞北冰凝
江南水寒
青鸟长传云外信
不见昔日双飞燕

菡萏香消翠叶萎
玉节直折丝尚连
剪不断
理还乱
笔落洒洒
墨染诗笺
香作穗
蜡成泪
无奈离愁绵绵
执手望穿流年
知君意
感君怜
朝暮长忆
梦依笑浅

曾几何
登广厦
独倚栏
遥望云霄
任思绪飞翩
问疾风
寄征雁
落叶何时了

梦断晓轩一帘
怎能知
天不老
情未了
弱水三千
只取一瓢
厚地为证
苍天可鉴
惺惺相惜
牵手一生鸳伴

且待春日桃花艳
云翳依依赋韶光
临风笑傲醉悠然
遂解兰舟去
过尽晓莺飞处
画楼烟雨幽怨
翠竹泻绿峰峦
山水交融
千回百转
宛然入瑶池
何似在人间

长征之歌

当我踏寻长征的足迹
时光的隧道带我去寻觅
那风雨如晦的往昔
眼前映现着史诗般壮丽的传奇
耳畔响起《国际歌》呐喊的旋律
辽阔古老的东方莽原上
一条金光四射的巨龙
正追逐着梦想
满怀着希冀
担当着使命
释放着神力
在天地之间跃动
在高山大川中逶迤

那是怎样的二万五千里啊
千山万水
枪林弹雨
伤亡疾病

饥寒交迫
颠沛流离
上有敌机狂轰滥炸
下有数十倍顽敌堵截追击
刀光剑影闪闪
厮杀彼伏此起
平均短短的三百米啊
就会倒下一个勇士的身躯
怀揣一颗赤诚之心
您是那样的威武不屈
艰苦卓绝
举世唯一
伟大的中国工农红军
向您敬礼

那是怎样的二万五千里啊
您是人类浩瀚历史长河中的壮举
创造了古今中外战争史上的奇迹
雄关漫道
载途荆棘
险象环生
布满杀机
湘江奔腾滚滚东去

曾经的绝杀之地
以泽量尸
漂橹千里
三万将士的鲜血
染红了漫山的杜鹃
浸透了深情的土地
江河哀鸣
苍天悲泣

那是怎样的二万五千里啊
遵义之光
力挽狂澜
扭转危局
开启了胜利的征程
点燃了希望的火炬
四渡赤水
那是您神奇的一笔
强渡大渡河
那是您智慧的凝聚
飞夺泸定桥
那是您发出的神力
翻越皑皑雪山
那是您包容宇宙的豪气

穿越茫茫草地
那是您吞吐天地的威力
突破腊子口
那是您神话般的演绎
陕北胜利会师
会聚抗战铁流
云霄直插红旗
自此无坚不摧
所向披靡

那是怎样的二万五千里啊
镰刀斧头的旗帜
映红了转战的流域
壮丽了广袤的大地
长征是宣言书
唤醒了被压迫的人们
召唤了亿万民众的奋起
长征是播种机
伸张着正义
播撒着真理
长征是改天换地的交响曲
长征是贡献给全人类的精神动力
壮怀激烈

千古皓气
彪炳史册
光耀寰宇

想你

想你
就把思念安放在每一片叶子里
看那叶面上的露珠
那是我流下的泪滴

想你
就把思念镶嵌在云朵里
随风飘落在你的心湖里
看那荡漾的涟漪
是我为你写下的诗句
一点点地渗透到你的梦里

想你
就把情歌唱起
那婉转的旋律却难抚平你的思绪
任微风拂柳
自凭栏赏雨

想你

就把你的名字念起

倾笔书写了一次又一次

怎么这么熟悉

那分明是三生石上刻下的印记

想你

就把你放进我的梦里

放飞心情与你相拥而泣

我们是财政人

我们是财政人
自豪而光荣
肩负党的重托
心系国计民生
大家庭的金钥匙
结实实地系腰间
老百姓的钱袋子
沉甸甸地攥手中
共和国的摩天大厦
靠我们收集的一砖一瓦砌就
幸福生活的人间天堂
靠我们积累的真金白银建成
高速公路、高速铁路
有我们的精打细算
飞船、航母
有我们的保障运营
“两个一百年”的宏伟蓝图
有我们的滚烫汗水

中国梦的全景目标
有我们的沸腾热血

我们是财政人
任重而道远
为国聚财
是我们的看家本领
引百川汇流入大海
积细沙成塔立苍穹
培育新的经济增长点
开源节流各显神通
共和国的心脏
是我们持续不断地起搏跳动
新时代的脉管
是我们持续不断地输血供应
省支俭用
我们丁丁卯卯泾渭分明
审批把关
我们一丝不苟不徇私情
每一分钱
都花得像春临大地一样合情
每一张票
都审得像太阳初升一样合理

每一次大的开支
都经得起历史的检验
每一次大的工程
都经得住人民的考验
一张纸两面用
一面写着勤勉
一面写着节省
一分钱掰成两半花
一半系着政府
一半系着苍生
预算要打足
决算要落实
防寅吃卯粮
莫坐吃山空
工程招投标
项目搞论证
拧干水分杂质
除去毛轻皮重
鼠标岂敢随意点
一不小心
多少贫困儿童学费化成泡影
大笔岂能放任挥
一不留神

多少危重病人霎时陷入绝境
鼠标虽小
维系着党和政府的光辉形象
水笔虽轻
牵连着财政人的神圣使命

我们是财政人
我们是汝南的后勤兵
宿鸭湖畔
有我们坚实的脚步
天中山下
有我们忙碌的身影
有我们的一缕春风
天中山生态园
有我们挥洒的一滴滴汗水
灯火辉煌的不夜城
有我们拨亮的七彩霓虹
碧水蓝天
有我们的无私奉献
脱贫攻坚
有我们的保障之功
为家乡富裕
我们增砖添瓦

为汝南振兴
我们书写忠诚

我们是财政人
新时代催征号角争鸣
新长征战旗猎猎鲜红
管好百姓的钱袋子
搞准公允的定盘星
鼠标点处艳阳天
大笔描绘春意浓
财政为民夙夜在公
奉献青春年华
甘当无名英雄
塑造汝南财政人的光辉形象
践行汝南财政人的光荣使命

飞情五月

世事漫随流水
人海不期而遇
五百年回眸
换来一次擦肩
五百年擦肩
换来千年一见
灵犀一点通
心中绽红莲
欲语还休意缠绵
几欲赋诗又搁浅

恰浪漫五月
花红如焰
柳暗若烟
碧海青天
心中的执念
跨越万水千山
飞渡九霄云天

春情驰荡
肆意飞潜

伊人琼楼凭栏
人面桃花笑颜
明眸似水
柳眉罥烟
相看贪欢尽
执手心怦然
银河浩荡
苦恋两岸
灯火阑珊
形只影单
剪不断
理还乱
愁绪满天
恁地难堪

借一弯新月
抒一腔缠绵
高山流水
琴瑟和弦
又忆誓言

相思无度情难按
煮酒泼墨遣愁眠
缕缕情丝绣枕边
谁知春梦绮窗前
空把斯人怨

曾经沧海难为水
除却巫山皆云凡
一曲痴念
两阕茫然
三生三世桃花源
四海思君薄云天
曾记否
五经六艺的畅谈
七行诗篇的对连
八街九巷的温婉
十里长亭的泪眼
百思量
千执念
万般无奈把酒盏

双燕掀帘
谁诉幽怨

青鸟探看
难付诗笺
云舒云卷
月缺月圆
春心不眠
秋水望穿
但愿君心似我心
咫尺天涯情眷眷
纵地老天荒
任海枯石烂
变鸟成双对
化蝶舞蹁跹
惺惺相惜
同病相怜
玫瑰沁蜜汁
百合开满山
勿忘我成海
合欢唱连天
共携手
赴爱泉
天地间
朝暮晨昏
相拥百年

缘

风轻云淡
月瘦星繁
又见鹊桥璀璨
天籁声声
霓虹闪闪
孰抱琵琶半遮面
别梦去
抬望眼
痴心相煎又一年
今夕见
话缠绵
可是当初小窗轩

执手泪目蒙眬
楚楚心底洞穿
诉不尽
离愁别怨
念不尽

恩爱哀婉
有情人
难成眷属
廊桥遗恨越千年
入夜风轻
泣泪成潭
历尽沧桑梦难圆

多少次庭院徘徊
夜长人不寐
望凤阁龙楼
绕雾临烟
寂寞离愁锁眉头
相思月正残
忠贞不悔
华年不再
坚守最美乡关
任西风愁起
一帘幽怨
秋水难收
当初的誓言
梦里常忆
销魂的温婉

几多魂梦相牵
几度肝肠寸断
牛郎痴心不改
织女挚爱依然

听鸥鸟争鸣
渔舟唱晚
赏流萤迷离
阅玫瑰正艳
举杯诚邀明月
遥祝迢迢银汉
彼此种下心中的莲
朝看行云流水
暮踏枫林阑珊
弱水三千只取一瓢饮
繁华四季一枕眠

你

你送我一缕芬芳
我把它洒在身上
追忆你的影子
细品春天的佳酿

你送我一束晨光
我把它挂在窗上
勾起我的诗情
高歌夏日的奔放

你送我一片月光
我把它绣在枕上
相拥窃窃私语
酣入秋夜的梦乡

你送我一枝红梅
我把它捧在手上
任凭漫天雪舞

温暖严冬的心房

你送我一份念想
我把它融入血液
无论春夏秋冬
昼夜不息地流淌

悼泸州国殇

乾坤正气育人杰，
坚贞何须惜碧血。
慷慨成仁青云志，
数千身躯化山岳。
两江澄澄呜咽泪，
松风肃肃飞哀乐。
我劝苍天倾万丝，
洒下泪涕祭忠烈。
伫立同乡长眠处，
任凭雨打悲不歇。
感叹千古英雄气，
怀想功绩昭日月。

相思(一)

霏霏细雨润无声，
点点相思付乐筝。
细品杯茶香慢沁，
一帘幽梦与君同。

春愁

行云漫卷何方去，
擦乱春愁不复回。
双燕飞来栖柳院，
小阁风雨蹙烟眉。

楚天相忆

倚栏愁对楚天长，
花落香残叶影伤。
烟月不知相忆苦，
频频柔水洒西窗。

赏芍药

芳舟欲载来时客，
未想花姿醉眼眸。
尽揽娇柔身已许，
相欢不厌到白头。

春日迟

迟迟春日弄轻柔，
幽径迷香暗自流。
红杏枝头扬媚眼，
几人痴醉几人愁。

相思怨

曾拾旧梦挂珠帘，
懒看杨絮花满天。
紫燕穿塘莺细语，
相思犹怨月常弯。

月下听琴

一弯新月俏如眉，
婉转朱弦送与谁。
寻韵聆听音色好，
凌风起舞醉星辉。

夏

花褪残红桃李小，
圆荷泄露影轻挪。
凭栏眺尽烟云处，
风拂斜阳醉梦多。

小荷

暖风无意锁闲愁，
笑看池中鲤自游。
碧叶田田知藕意，
托荷出水露娇柔。

雨殇

淋窗细雨泪滴长，
敲仄斜出韵满行。
牵念庭前花可好，
携琴抚曲奏离殇。

牡丹

翩翩仙子落红尘，
绰绰丰姿爱煞人。
妩媚娇柔谁可比，
倾城一笑最销魂。

春色

一壶春色写新词，
蕊梦花羞韵满枝。
谁立庭前拍靓影，
张张笑靥对屏痴。

小雀

初飞小雀不识高，
抖落雏尘欲跳巢。
试翼投身香艳处，
凌风张羽吻花苞。

妙笔生花

谁执妙笔竟生花，
诗韵满笺气自华。
慢待春风十里过，
幽香飘落入君家。

轻舟弄晚

春风十里酿桃红，
弄晚轻舟荡古筝。
月夜一帘幽梦起，
那堪片片醉柔情。

雨下吟

霏霏细雨催花老，
缕缕香风锁夏魂。
小伞撑天怡俏立，
一笺诗句为谁吟？

春柳情

初画蛾眉柳试妆，
水边清影笑苍茫。
轻拾昨夜相思梦，
诉与飞鸿寄远方。

花韵

常羡人间花色好，
掬来清露透温柔。
纤纤风韵携情在，
倾笔成诗欲醉眸。

小丁香

虽无桃李妆容好，
满枝香郁绕孤城。
心怀春梦凝眸远，
簇簇花苞踏韵行。

暮色

云叠水皱锁妆楼，
看客凭栏对影愁。
写尽相思随暮色，
泊舟灯火月斜钩。

夜赏

晚风有意画亭廊，
邀月携云舞墨香。
不想星河来凑趣，
一船夜色满湖塘。

诗韵

撷云吻雾我为峰，
仗剑天涯傲世穹。
墨染诗笺书浩气，
人间何处不飞红。

春情

春深鸟戏池边树，
水澈风拂起皱纹。
细看亭旁花照影，
蜂蝶献吻不离唇。

燕语声声

欲剪春光舒墨羽，
凌风掠影过桥栏。
谁人不慕姻缘好，
燕语声声话梦圆。

醉蝶兰

我与兰花争艳色，
蝶兰输我气三分。
初眉妆就朱唇赤，
似水柔情笑靥馨。

心梦

杯盛月色星辉溢，
笔走龙蛇墨染香。
心若羽蝶诗梦远，
一笺风韵寄情长。

芍园小趣

新芍风润倚清园，
暗动沉香燕语欢。
且看蜂蝶争踏蕊，
斜阳醉梦也缠绵。

咏莲

田田莲叶影轻挪，
醉卧荷塘韵梦多。
最是亭亭伫立处，
悄施粉黛不拘格。

石榴

情飞五月巧梳妆，
寸寸红心蕊下藏。
待到成熟舒媚眼，
谁人痴醉在亭廊？

雪趣

依风垂落羽蝶飞，
廊宇新妆嫁与谁？
小院霜花添韵色，
满枝红豆俏弯眉。

荷花

谁植菡萏满庭香，
初绽小荷粉黛妆。
碧叶田田清丽影，
娉婷笑靥傲苍茫。

雨中梨花

小雨纤纤风细细，
扶堤绿柳尽妖娆。
梨花欲把佳人醉，
玉面妆轻不逊桃。

江岸掠影

烟雨空蒙一线天，
江花无语泛微澜。
飞鸥掠影追波动，
舟亦撑风自怡然。

相思(二)

无端风雨浸潇湘，
笔落相思寸寸殇。
多少无眠难梦夜，
花残叶败染秋霜。

秋菊

秋风何故上菊台，
缱绻骄姿色满怀。
满目相思凝韵久，
倾心几许任君猜。

秋柳情

西风梳落亭前柳，
片片翻飞泪眼蒙。
曾记春宵花月夜，
一笺心语醉嫣红。

醉秋

独怜枫叶几嫣红，
醉卧秋霜巧妆容。
月躲云边悄细语，
满湖韵事伴舟行。

小妆初照

小妆才罢笑绯红，
镜里秋波几迷蒙。
最是香袭圆月夜，
诗心写就赋真情。

暮秋

菊红缱绻沐斜阳，
蝶舞翩然嗅蕊香。
燕雀早知秋已暮，
鸣啾商榷备行囊。

春花

新蕊沐阳泪欲滴，
含羞玉面引蝶袭。
依枝独恋春光好，
一笑嫣然醉岸堤。

赞红梅

粉面娇羞释淡香，
琼枝傲雪理红装。
东君也解相思意，
抱蕊轻吟枕梦长。

桃缘

一树桃花点点红，
回眸百媚沐春风。
浮云也把坡前醉，
抱月轻吟不肯行。

红枫

一叶红枫锁深秋，
默添新韵赋乡愁。
轻颦浅笑风中立，
独把诗心向远眸。

秋风

晚风无意自轻狂，
撵雾摘珠扫叶黄。
芳菲落尽红遗梦，
倾笔难书月夜长。

秋雨

细雨敲窗韵满杯，
寒秋送燕燕南飞。
琴声搅碎红罗梦，
小曲吟吟赋予谁。

黄花

浮云抱月月无声，
小院黄花对碧空。
多少相思随梦去，
腮边已是泪盈盈。

秋情

梧桐树下话梧桐，
一地黄花伴日红。
落寞繁华添心事，
秋风明月本无情。

菊韵

风吹叶落草枯黄，
露浸菊花暗送香。
一抹斜阳坡前过，
掐情成簇嵌诗行。

观湖

半滩芦苇半滩风，
小橹推舟入景中。
欲问浮云何处去，
默留轻影碧湖东。

晚霞

摘采天边一抹霞，
裁成红叶挂山崖。
小桥不解其中意，
独守堤前那朵花。

入墨相思

相思入墨影无痕，
幻化成痴梦里寻。
莫问夕阳情几许，
此时独照意中人。

落秋吟

百花凋谢渐凄凉，
丝雨遥秋叶影殇。
一盏乡愁风饮尽，
流云握笔画成行。

逢冬

时逢腊月任风裁，
满树霜花肆意开。
雪蕴柔情梅似懂，
枝头绽笑待春摘。

霜风

霜风十里梅香渡，
情韵百篇绯色飞。
碧玉箫中撩月夜，
紫竹调里念君回。

琼花舞

谁说冬日不多情，
琼花漫舞绽芳容。
孩提多少阑珊梦，
雀跃欢呼戏雪中。

冬夜读诗

紫裘柔暖卧香阁，
细数诗书对句酌。
不苟轻言学佳句，
古词阕韵醉娇娥。

红尘情痴

红尘路上几痴情，
一见倾心立誓盟。
夜夜相思逐月落，
何年相守慰平生。

天上人间

霓虹闪烁与江融，
花灯高悬舞春风。
乐声飞扬云上来，
山水相映连碧空。
玻璃长桥灿若虹，
璀璨双塔向苍穹。
情侣相依羡煞人，
四海游客如潮涌。
桂林夜幕赛星河，
天地合一入梦中。

百里画廊

如梦游漓江，
云烟跃金阳。
人在画中游，
舟行碧波上。
奇峰拔地起，
仪态幻万方。
怪石形百态，
神工鬼斧创。
水澄晶莹透，
江底一览光。
黄鹂放歌喉，
牧笛漫悠扬。
触景忆三姐，
山歌仍回荡。
水鸟翩翩舞，
鱼翔泛粼光。
鸬鹚潜如箭，
渔翁自安详。

青竹翠欲滴，
浓荫赐清凉。
幻化山托水，
水浮山影长。
画山九匹马，
奔驰信由缰。
妙趣迭横生，
叫绝人击掌。
处处皆葱茏，
山花万里香。
凭栏举目眺，
烟波迷茫茫。
缥缈若仙境，
怎不心神往？
白浪扑面来，
清风惠和畅。
峰回江流转，
船移景如画。
登临独秀峰，
阅尽靖江王。
峰峦雾迷漫，
结伍夺山冈。
江岸象鼻山，

形神如天象。
象征桂林城，
祈福寓吉祥。
逢山必有洞，
洞溪水荡漾。
阳朔频举樽，
返途客梦长。
宁作桂林人，
神仙不肯当。
漓江甲天下，
归来不游江。

揽云观山

揽云看黄山，
飘然宛如仙。
云海涌群峰，
人在缥缈间。
片云有异势，
尺松争超凡。
悬崖撑飞练，
银河落九天。
莲花凌绝顶，
潭清疑水浅。
层峦皆芳菲，
叠嶂枫叶丹。
花木竞多情，
鸟兽共乐园。
迎客松壁立，
坦荡风骨展。
奇景化无穷，
气象呈万千。
跬步皆成诗，

放眼尽斑斓。
青峰难飞渡，
猿猱愁攀缘。
雅士继踵来，
胜迹似星繁。
石刻凌云表，
气势冲霄汉。
天都峰之巅，
千年文殊院。
万山拜其下，
孤云卧庭前。
迷人情侣谷，
仪态生万般。
登高啸烟霞，
凌空抚琴泉。
征服光明顶，
人定能胜天。
天梯纵情眺，
风光自无限。
日出霞万丈，
绝妙不可言。
黄山冠五岳，
归来不看山。

沂蒙之约

胜迹发函邀群英，
我自乘风向山东。
岱宗昂首睨天小，
大河凌波放帆声。
祥云集结悬霄汉，
盛世飞歌动远空。
稻菽掀起千重浪，
夕照翠峦紧相迎。
登高送目连天碧，
沧海清风共潮生。
齐鲁大地情未了，
谁赋风雅意万重。
当年纪王今安在，
穿越千载觅遗踪。
图腾依稀纪王台，
几世风雨几峥嵘。
心有执念拼华鬓，
独立长天向归鸿。

胭脂泉边忆妃子，
身姿绰约影随风。
小妆才罢君宠爱，
出水芙蓉笑靥倾。
望乡台前望家远，
心牵故土别离情。
倚栏无语常垂泪，
霜桥月冷看残红。
两军对垒擎枪戟，
演武场上马蹄惊。
古来征战多士死，
潇潇烟雨几悲鸣。
诸子伟略春秋著，
列国争霸成七雄。
秦王挥剑扫六合，
一统天下四海平。
八千里路尘与土，
仰天长啸铸功名。
兴亡成败多少事，
惯看几度夕阳红。
人间奇观何处寻？
沂蒙天上筑王城。
形胜与我两相悦，

幻境幽景入画屏。
沂水秋韵仙造化，
蒙山绝壁神斧工。
飞瀑匆匆云天外，
潺潺溪水自西东。
尽展妖娆淑仪美，
钟灵毓秀几多情。
七十二崮当之首，
坐看渡云天地横。
欲拥瑶草心顾盼，
故都无处问豪英。
碧山锦树临风曲，
断崖陡峭总相应。
不经意处飞花逐，
月边梳梦暖香浓。
轻携风雨追日月，
眉山弱黛自朦胧。
小艳约颦凝韵久，
三分佳处落眸中。
撷云吻雾我为峰，
仗剑天涯傲视穹。
挥毫寰宇书浩气，
直上九霄挽飞虹。

登临木兰山

芳草碧连天，
杨柳醉春烟。
幽梦何处寻？
武汉木兰山。
山出花木兰，
传奇颂千年。
兵家争战地，
关河锁隘险。
千山高复低，
峰回路百转。
凌霄观花海，
百里赏杜鹃。
碧玉砌峻岭，
繁花锦一片。
七彩相辉映，
夕霞半山峦。
物华不胜收，
诗意几缠绵。

鸟啼林中啾，
紫燕舞翩跹。
浮云不问路，
风柔欲醉眠。
掬香研作墨，
大地做纸笺。
挥舞神来笔，
巨帧无须染。
俯瞰小天下，
气宇当自轩。

七一颂

风雨飘摇晦东方，
嘉兴南湖起苍黄。
红船高悬镰与斧，
誓破黑暗迎曙光。

南昌惊雷裂长空，
打响革命第一枪。
星星之火燎原势，
井冈山上兵戈壮。

遵义夜空亮晓星，
主席重新掌航向。
万里长征视等闲，
人类壮举曜穹苍。

抗日烽火照长城，
延安宝塔放光芒。
团成砥柱止中流，

多年抗战敌终降。

巍巍华表披朝晖，
隆隆礼炮云天响。
开天辟地启纪元，
人民江山万年长。

改革开放浪潮涌，
南疆北国春风荡。
九州渤澥化桑田，
神来巨椽著华章。

初心不改天可鉴，
指点江山绘梦想。
从严治党挽狂澜，
倡廉反腐乾坤朗。

三大攻坚力万钧，
天地再造新气象。
巨龙腾飞冲云霄，
大鹏展翅万里翔。

蛟龙入海恨水浅，

嫦娥欣往会吴刚。
茫茫宇宙天眼收，
摘星捧月任徜徉。

导弹威震五大洲，
航母亮剑四大洋。
强军利器展雄风，
试看天下谁敢狂。

“一带一路”飞彩虹，
携手世界创辉煌。
乘风破浪恰当时，
中华巨轮正前航。

银河落人间

天象起巨变，
祥云悬穹汉。
飒风掠银河，
飘落汝水畔。
谁挥银河落，
华灯百万盏。
火树银花合，
霓虹不夜天。
游人心驰往，
惊羡如梦幻。
暮曲展翅飞，
丽影炫璀璨。
芬芬不胜收，
林林错落变。
玉露润琼草，
楼榭摩青天。
放眼灯火处，
流光溢彩闪。

随处燃激情，
谁人不尽欢。
误入隧道中，
时光往逆转。
洞中方一日，
世上已千年。
潇潇流星雨，
闪闪一瞬间。
煌煌炫太空，
华华劲放绽。
对月摇招手，
飞入九重天。
欲挽嫦娥袖，
起舞共缠绵。
闭目合手祈，
相许爱无言。
海枯山石烂，
痴心天可鉴。
欣欣玫瑰岛，
朵朵泛湖蓝。
玲珑剔透秀，
相看两不厌。
灯海瀚无边，

皓色千里远。
漫步踏歌声，
徜徉共婵娟。
登高瞰瓠城，
蓬莱飘人间。
盛景越天宫，
大美汝之南。
临风开我怀，
诗兴正盎然。
洋洋描醉意，
洒洒付笔端。

起义

八一枪声破天穹，
秋收起义唤黎明。
珠江喋血风雷激，
誓将日月换新容。

井冈山

敌军围困万千重，
骁勇红军仍从容。
熊熊烈火可燎原，
猎猎旌旗万山红。

抗战

铁蹄践踏江山痛，
黄河咆哮怒潮汹。
宝塔巍巍战旗扬，
大刀闪闪向敌兵。

援朝

中朝上空战云涌，
挥师过江卫和平。
柱天踏地英雄气，
誓化纸虎为烟影。

礼兵

英姿飒爽展雄风，
三军豪气贯长虹。
移山倒海不可挡，
雷霆万钧动远空。

陆军

战车隆隆天地动，
铁流滚滚排山峰。
多维狙击布罗网，
立体防御坚不攻。

海军

浪谷波峰驭巨鲸，
翻江倒海腾蛟龙。
航母巡洋壮国威，
巍然屹立作金城。

空军

神鹰集结列长空，
扶摇直上胜鲲鹏。
架起天梯逐烈日，
摘星揽月任驰骋。

武警

满腔热血铸忠诚，
急难险重济苍生。
赴火蹈刃寻常事，
何惧刀光与剑影。

咏焦公

兰考往昔盐碱侵，
风沙肆虐漫天昏。
年年洪涝水泛滥，
户户逃荒村断人。
公仆焦公英雄意，
迎难而上战贫困。
北风怒号隆冬日，
斗雪傲霜盼回春。
走访农家问冷暖，
心系百姓送温馨。
每每饥寒先忧民，
拳拳赤子报党恩。
满腔热血铸忠诚，
两袖清风不染尘。
鞠躬尽瘁披肝胆，
担当使命铭初心。
凌云壮志展宏图，
重造山河换乾坤。

疏浚理河排洪涝，
翻地沉沙治荒根。
抱病犹与天抗争，
“三害”岂不低头吟。
郁郁泡桐碧连天，
勃勃生机花如锦。
喜看稻菽千重浪，
江山多娇五色缤。
荡荡大河挽彩虹，
巍巍丰碑耸入云。
擎旗摇寄情意切，
彰词挥写表功勋。
林海涛声唱伟绩，
万枝舞动慰忠魂。
蓝天为幕咏赞歌，
挥动巨椽绘昆仑。
江河湖泊研成墨，
厚地做笺大写人。

血漫湘江

逗留候机楼，
双手捧红著。
长征映眼眸，
心潮劲起伏。
八十七年前，
血战湘江口。
惨烈一幕幕，
涕泪肆意流。
追堵围九重，
敌机掷弹稠。
炮火连天际，
冲杀硝烟厚。
方圆百余里，
沃野变焦土。
山林夷平地，
草木烬风吼。
弹尽挥刺刀，
舍生肉搏斗。

师长陈树湘，
战伤被敌俘。
醒来扯断肠，
誓死不屈服。
碧江成赤水，
漂橹尸体浮。
英雄八万余，
殉国五万六。
英魂照丹青，
壮烈耀千秋。
先烈须铭记，
圆梦壮志酬。

南昌

不远千里访南昌，
英雄城市久敬仰。
昔日血雨英烈起，
打响革命第一枪。
天翻地覆创八一，
工农革命建武装。
重阳时节游圣地，
大江南北菊飘香。

中原突围

中原上空乌云卷，
围我敌军三十万。
雄师六万杀血路，
舍生突破包围圈。
纵横驰骋五千里，
枪林弹雨三百天。
艰苦卓绝创奇迹，
气壮山河冲霄汉。

淮海战役

豫皖热土陈官庄，
淮海战役主战场。
刘邓陈粟挥旌旗，
百万军民狩豺狼。
四方围堵布天罗，
十面埋伏下地网。
蒋军精锐六十万，
两个月内一扫光。

黄麻起义

风起云涌大别山，
一声惊雷响八县。
黄麻罗光到商城，
新县金寨连六安。
城乡处处亮刀枪，
漫山遍野红旗展。
汇聚铁流铸丰碑，
奇勋伟业万代传。

大悟

暮春拜访鄂豫边，
英烈丰碑入云端。
霹雳暴动震中外，
同仇敌忾杀日顽。
五师突围出征地，
战略转移捷报传。
如今山花烂漫时，
忠魂何惜赴黄泉。

木兰山

霞蔚傍晚间，
山路十八险。
车从云里出，
伸手可触天。

新县

中原南门地气灵，
虎踞龙盘守要冲。
连绵起伏处处山，
漫道如铁关重重。
儿女牺牲换新天，
素有苏区首府称。
重彩浓抹是红色，
又一将军故里中。

名将

战神许世友，
传奇誉九州。
文韬定天下，
武功举世无。
精忠报国家，
身后陪老母。
忠孝终两全，
雄心壮志酬。

缅怀

清明时节祭亲烈，
哀思泪水沾襟怀。
满门英烈济苍生，
天中大地放异彩。
外祖智勇敌胆寒，
血洒汝南染风采。
伯父百战建奇功，
断头沈丘汗青载。
叔父万里征边疆，
捐躯天山雪莲开。
悲壮高歌贯长空，
敢教山河红起来。

四战四平

春暖乍寒辞燕京，
驰赴东北雪未融。
抵达四平瞻丰碑，
昔日炮声举世惊。
呼啸而过五十天，
敌军五万撞丧钟。
成仁有志化碧血，
丹心铸就英雄城。

辽沈战役

解放战争响雷霆，
国共百万决雌雄。
首克锦州断其路，
十万匪命辽西送。
摧枯拉朽取沈阳，
各个歼灭终必赢。
五十二天炮火烈，
四十七万敌荡平。
苍茫黑土见天日，
神州大地现黎明。

塔山阻击战

解放锦州起总攻，
敌从海上援匆匆。
塔山扼守必经地，
争夺惨烈山河动。
敌机掷弹五千枚，
蒋军战舰炮隆隆。
硝烟蔽日弹若雨，
血流成河尸成峰。
金戈铁马势如虎，
壮怀激烈舍死生。
阵地屹立化丰碑，
将士巍然作金城。

鸭绿江畔

临江郭外山万重，
鸭绿江上未破冰。
异国风情近耳目，
猎奇高擎望远镜。
村舍简朴排成行，
田家劳瘁忙春种。
兵营坚固如磐石，
校园传来读书声。
昔日抗美同仇忾，
友谊之树万古青。

松花江

大江两岸壁万仞，
冰封雪冻难觅春。
昔日救亡悲歌唱，
松花江上箭穿心。

观东北沦陷史陈列馆

倭寇残暴踏铁蹄，
白山黑水日哭泣。
掠夺宝藏摩苍天，
杀人如麻数难计。
头颅滴血树高悬，
铡刀虎口断首级。
父子双双遭活埋，
母怀婴儿同归西。
剖腹开腔剜心肝，
横尸遍野乱鸦飞。
千屯万户化灰烬，
制造百里无人区。
细菌化武失人道，
亡国灭种丧天理。
深仇大恨千古辱，
中华子孙世铭记。

北戴河

登临北戴河，
遥望鸽子窝。
碣石无处寻，
遗篇永不磨。
海燕争相唤，
狂涛惊魂魄。
一轮冲前方，
巨浪奈我何。

往

列车飞驰向远方，
南国添绿见春光。
峥嵘岁月竞风流，
赞扬声中离故乡。
休整一时抖征尘，
再战豪情千万丈。
相聚别离情依依，
歌声伴我到贵阳。

飞厦门

乘机倚窗俯瞰，
原野碧绿平川。
村镇星罗棋布，
道路依稀蜿蜒。
江河玉带飘舞，
群山连绵峰峦。
云团雪白朵朵，
不觉飞临桃源。

过溆浦

群山蜿蜒与车飙，
湖水嬉笑白云飘。
稻菽披金画卷中，
柑橘压枝遍山腰。

印象上海

楼榭高耸入云端，
车流滚滚似河川。
立交桥梁像玉带，
地铁动车快如箭。
东方之珠擎天柱，
黄浦江畔展画卷。
火树银花不夜城，
见证奇迹举世赞。

印象贵阳

爽爽贵阳城，
倚山傍水中。
湖泊鱼追逐，
山冈乔葱茏。
云朵缀蓝天，
万仞楼穿空。
常年无寒暑，
四季拂春风。

黔灵山公园

黔灵山公园里，
群峰直击云天。
随处花香鸟语，
小桥流水潺潺。
游人悠闲自得，
猕猴嬉闹耍玩。
城央世外桃源，
天生人间奇观。

返

七月热风稻浪生，
重峦叠嶂起云涌。
高峡平湖不墨画，
万绿丛中百花盛。
列车一路洞天驰，
窗含烟雨雾蒙蒙。

过凯里

红霞洒满天际间，
山里人家飘炊烟。
暮归老牛阡陌上，
满目梯田绿如染。

尧坝古镇

巴无三日晴，
万丝落古城。
石桥溪上竖，
戏水见女童。
商家鬻草屐，
门头挂灯笼。
游人好去处，
郭外荔正红。

赏舞

夕辉洒满园，
繁花锦一片。
曲子骤然起，
园丁舞蹁跹。
风姿迷人眼，
意境震心憾。
雅趣犹未尽，
流连不忍还。

音乐广场

金乌山中藏，
灯花竞绽放。
喷泉腾空起，
歌声漫飞扬。
游人涌如潮，
河蛙齐吟唱。
处处呈仙境，
疑是临天堂。

观灯展

观山湖畔火通明，
十万花灯舞春风。
游人如潮歌如海，
八千名吃香满城。

乐山大佛

头顶摩苍天，
足踏岷江岸。
从容守山河，
风雨逾千年。
荣辱皆浮云，
悲欢只等闲。
八方来膜拜，
笑瞰尘世间。

黄果树瀑布

银河奔腾从天降，
雷霆万钧云天响。
浪飞千丈水茫茫，
气吞山河不可挡。

山海关

天下第一山海关，
扼守咽喉锁隘险。
长伯引狼战义军，
冲冠一怒为红颜。
厮杀惨烈人寰绝，
血流成河尸累山。
闯王败走出京城，
清军铁蹄入中原。

康百万庄园

伊洛河畔康百万，
豪宅广厦上千间。
十代富甲鲁豫陕，
家道败落毁于战。

月夜

夜幕降临静心去，
万家灯火步履驱。
汝堤浅草放清新，
含露与我共光熙。
归来且看床头处，
书卷山前灯台绿。
一叶报秋归树难，
释卷便闻唱雄鸡。

过武汉

热浪横冲江上城，
华灯欲放下夕风。
黄鹤归来看奇迹，
神工鬼斧大桥通。

过岳阳

天生云海不尽头，
大江东去水悠悠。
昔闻洞庭八百里，
今过岳阳欲上楼。
人气旺地登临处，
名士佳句芳千秋。
先天下之忧而忧，
后天下之乐而乐。

过长沙

潇湘灵气无不夸，
韶山东望见长沙。
一轮红日升起时，
能让百姓坐天下。

登高看贵阳

城头盘云花，
靛幕云上挂。
飞鸟向林还，
物态染夕霞。
凭轩望南山，
谁人作巨画？
一时心未谙，
宛如临仙家。

夏夜贵阳

城郭峰岭隐隐横，
登高俯瞰百万灯。
抬头星嵌云几片，
闲居天堂纳凉风。

亚木沟

翠微亚木沟，
白水流不休。
修竹笼石径，
百鸟鸣啾啾。
循溪涧里去，
凉气侵入骨。
山穷无路攀，
岩上飞瀑布。

往春城

放眼青山绿有岭，
高铁轻快洞天行。
春风吹开花满处，
一路彩云到昆明。

游览昆明世博园

一入花都世博园，
万国风情皆可览。
姹紫嫣红汇集海，
奇草异木叠成山。
仲夏厚衣看冰雕，
龙洞漂流仿探险。
游意未尽有几许，
约会云南待来年。

游历滇池西山

宝石镶嵌春城外，
碧波无垠山里开。
下水任凭舟冲锋，
向天乘揽搏云海。
无限壮丽于险峰，
欲吟奇观穷文采。
人说游历到昆明，
不登西山算白来。

夜下登高看昆明

隐岭绕外郭，
万家明灯火。
天地同入夜，
灯比星还多。

玉龙雪山

丽江牵手玉龙峰，
俨然恋人同死生。
天地造化尚如此，
尘世无不情独钟。
眷属难成千古恨，
抗争男女来殉情。
生命可贵义无价，
舍身取爱共永恒。

往梵净山

苍山如海静不流，
驱车如同水行舟。
出行一缕见曙光，
抵达正午将进酒。

登梵净山

山下日胜火，
半腰雨来泼。
顶上风性野，
天外雷大作。
画中蘑菇石，
终当与影合。
云来雾里去，
梵天难留我。

梵净山燃灯寺

云伴山腰峰上人，
通天梯里断鸟音。
善男信女欲成仙，
争烛高香拜诸神。
悲欢离合寻常事，
犹如上苍化晴阴。
世间神灵何曾有，
喜忧无须向空门。

往南京

双节重庆东南行，
千里烟雨云凝重。
暮作王谢堂上客，
桥看秦淮灯笼红。

中山陵

虎踞龙盘谒先行，
松柏参天中山陵。
风雨潇潇步入云，
凌顶远眺小南京。
先生驱虏凶险多，
九死不肯顾一生。
开创共和废帝制，
终为民国大总统。

夜堵南京二桥

大江月黑船不通，
长桥望去车如龙。
堵出一道好景致，
万灯齐放别样红。

周庄

烟雨难见头，
无处不垂柳。
远客涌如潮，
溪上泛小舟。
漫步繁华地，
满目皆贾楼。
夜来赶灯会，
江南水乡游。

乌镇

宾朋无约会乌镇，
车如流水人若云。
石巷路狭不易行，
绿溪小船过柳荫。
商贾摆出桂花酒，
吴姬笑迎劝君饮。
茅盾故居肃起敬，
文学巨匠天下闻。

做客西湖龙井茶园

恰逢放新晴，
茶园郁葱葱。
野菊道边开，
舍外青山横。
把酒就金桂，
杯中品龙井。
店家话中秋，
勾起故乡情。

西湖泛舟

桂花醉西湖，
杨柳随风舞。
遥望雷峰塔，
断桥汇客流。
山外青山在，
楼外又有楼。
日暮起波澜，
碧水欲留舟。

中秋夜雨杭州

万家团圆话题长，
游子举头月无光。
何处飞来梆子曲，
误把他乡当故乡。

荔波小七孔

翠色染出涧上岭，
瀑下绿水挤七孔。
蜻蜓飞飞难点水，
戏蝶蹁跹弄风情。
雄鸡一唱闻三县，
小桥百年踏两省。
童子怜水客贪景，
欲捎七孔争留影。

凤凰古城

古城守要冲，
历来兵家争。
沱江郭内穿，
周遭山万重。
春夜临凤凰，
依山傍水中。
万家灯火暖，
散作满天星。
信步青石街，
细雨雾蒙蒙。
商铺如林立，
同吾沐春风。
墨香飘万里，
文化底蕴重。
天生福祉地，
人杰地气灵。
大师沈从文，
遐迩皆闻名。

将军陈斗南，
革命建勋功。
胜地一本书，
细细来读懂。

芙蓉镇

上通至巴蜀，
下达洞庭湖。
峦嶂挂瀑布，
峭壁悬阁楼。
梯田万重碧，
山秀水悠悠。
风雨越千年，
古韵仍如初。
十里青石街，
店铺难尽收。
商贾宛云集，
酉河遍码头。
渔歌醉宾客，
米酒溶乡愁。
大江东流去，
万里送行舟。
仙境何处寻，
追云芙蓉游。

黄龙洞

黄龙洞里十里深，
暗无天日阴森森。
地下溪流泛小舟，
斧劈刀削高百仞。
叹为观止称奇绝，
姿态万千看石笋。
相传龙王建行宫，
插有巍峨定海针。

游宿鸭湖

下湖有快舟，
亲朋伴左右。
水天一线牵，
烟波不尽头。
禽鸟惊飞过，
云外鸣沙鸥。
人定能胜天，
沧桑起宏图。

登天中山

登上天中山，
放眼空际看。
游人荡春风，
湖水泛漪涟。
杨柳吐嫩绿，
山下花烂漫。
北拱今犹在，
古城换新颜。

节日

时节待到三月八，
天下女子多伟大。
撑起人间半边天，
绣出江山美如画。
书写文明五千年，
创造奇迹胜神话。
托起银盘照长夜，
转动寰球迎朝霞。

中秋

中秋万家晚炊香，
独坐书斋月上光。
嫦娥邀人赏月时，
哪知情侣各一方。

资江怀古

东方破晓出舞阳，
原野千里雪茫茫。
马不停蹄下楚地，
江陵城头瞰大江。
今日不见旧时水，
九派悠悠话沧桑。
关羽大意失荆州，
难辞其咎诸葛亮。
英雄败北遭断首，
蜀国大厦骤然晃。
盖世将相悔无尽，
成败不废万古芳。
思绪纷纷劲飞扬，
驱车疾驰向三湘。
青山重重款步迎，
抵达资江洒星光。

子夜飞郑州

火树银花四处开，
吉星高照云上来。
波音攀升看贵阳，
流光溢彩灯如海。
仰望夜空繁星闪，
靛幕苍茫舷窗外。
万米高空时俯瞰，
城镇辉煌若天街。
只闻马达轰鸣声，
未觉机舱速前迈。
忽呈新郑绽华灯，
吾从天降情满怀。
黄河母亲舒怀抱，
邙山招手呼唤在。
南国休整抖征尘，
归来再展雄风采。

飞贵阳

铸就辉煌出乡井，
凯歌飞送向新郑。
登上波音倍温馨，
空姐笑靥春融融。
十里跑道作冲刺，
银鹰展翅击苍穹。
俯瞰偌大郑州市，
宛若楼盘一模型。
莽莽大地呈画卷，
万水千山总是情。
放眼窗外晴万里，
天幕如洗碧无穷。
飞临南国看长江，
绿色丝带舞西东。
西南上空云如雪，
茫茫皑皑雾重重。
着陆林城盛装迎，
街头巷尾灯笼红。

花开处处辞旧岁，

万家团聚普天庆。

归来

天中黔贵程三千，
拙荆一别五十天。
出行三伏日胜火，
归来中秋月正圆。

以案促改之歌

盛会喜讯天下闻，
光辉思想照乾坤。
长风万里起宏图，
劈波斩浪飞巨轮。

从严治党向纵深，
铁拳治标促治本。
惩防并举两手硬，
注重预防固基根。

中原大地廉风劲，
以案促改求创新。
反腐利剑斩病树，
赢得四方万木春。

提升站位看汝南，
标新立异创“六进”。
机关企业又课堂，

社区家庭及农村。

反腐肃贪使命艰，
保驾护航助脱贫。
济困奶酪岂敢动，
立斩黑手零容忍。

鲜活案例触灵魂，
扶贫路上促改紧。
顶层设计路线图，
上下联动共发奋。

党政法纪铭肺腑，
“三纪”教育固初心。
自查督查对照查，
“三查”高扬亮利刃。

清单阵地制度建，
“三建”誓抓铁留痕。
立行立改全面改，
“三改”同步踏石印。

风险编织防护网，

规正权力入笼门。
持续发力久为功，
激浊扬清荡垢尘。

天中经验倍推崇，
新华电讯有评论。
四海媒体争报道，
中纪报上刊要闻。

风正潮涌千帆竞，
气象万千处处新。
决胜小康筑梦想，
看我中华无限锦。

六一颂

红日跃东方，
霞光耀万丈。
清风拂白云，
天宇净无疆。
五洲彩旗猎，
四海披盛装。
园丁笑开颜，
幼苗尽欢畅。
锣鼓乐喧天，
琴瑟喜吟唱。
舞蹈翩轻盈，
歌声漫飞扬。
绿满天之涯，
百花吐芬芳。
今朝育苗圃，
未来出栋梁。
快乐伴成长，
恩情谢四方。

天下父母心，
殷殷寄希望。
师风表天下，
功德万古芳。
奋进复兴路，
策勋奏华章。

人文始祖

天地蕴灵性，
伏羲应运生。
开世成首皇，
建都淮阳城。
身后眠郭外，
北傍潭千顷。
钟鸣伴陵寝，
鼓喧为人龙。
香火传万载，
雄殿留古风。
始祖启文明，
中华创勋功。
茹毛饮血归，
钻木取火种。
结网入渔猎，
种谷导农耕。
筑房聚部落，
充庖驯禽牲。

男聘女作嫁，
婚配移新风。
拯庶制九针，
除疾祛百病。
历法纪年轮，
八卦为民用。
祈求五谷丰，
造琴庆升平。
德冠于百王，
奠下九州同。
问祖一炉香，
寻根太昊陵。

往赤水

仰叹盘山入云天，
俯惊幽谷万仞渊。
铺峻盖岭竹若海，
偶有花红映眼帘。
残阳夕照真如血，
山里人家飘炊烟。
暮至黔北星笑迎，
嫦娥见我半遮面。

赤水丹霞

黔北生奇观，
赤水彩云间。
叠翠映丹霞，
桫椤戏飞泉。
神工鬼斧琢，
层峦尽绿染。
碧波起涟漪，
竹海浪花卷。
毛笋穿顽石，
挺拔向青天。
绝壁挂素练，
雷霆震霄汉。
腾浪蔽天日，
气势吞河山。
幽谷溪淙淙，
朱径折延展。
珍禽竞相唤，
异兽共乐园。

四处皆芳菲，
满目尽梦幻。
如入百花筒，
身临山水卷。
清静无喧嚣，
世外桃花源。
今日逢瑶池，
相识恨太晚。
长梦不甘醒，
魂牵一万年。

登临太行

旦辞天之中，
午至太行岭。
登临红豆峡，
秀态万千种。
沿谷观仙境，
恍入画廊中。
山青水墨染，
五彩缤纷呈。
飞瀑持练舞，
溪水和悦声。
花果竞送香，
秋风荡绿藤。
万石争奇绝，
碧玉妆群峰。
古道踞险关，
文化益厚重。
市人求归真，
情侣探幽梦。

夜宿山下村，
农家喜相迎。
锣鼓震喧天，
歌舞颂升平。
曲曲响耳畔，
绝伦动长空。

八泉峡览胜

熹微入八泉，
内外两重天。
寒气侵彻骨，
战栗攀岩难。
宾客彩云集，
鱼贯登游船。
山从人面起，
涧水墨如染。
群峰尽争雄，
云头竞变幻。
随峰回路转，
悠然天一线。
石笋似林立，
溶洞深幽远。
层峦秀参差，
野芳溢弥漫。
瀑飞悬崖上，
雷霆云水间。

神工鬼斧劈，
山门朝天南。
风情独万种，
妖娆自千般。
犹嫌未奇绝，
乘缆空际看。
江山尽多娇，
把酒咏尧天。

雄踞天下之舟

未来方舟城，
四海皆闻名。
明珠嵌贵阳，
承载复兴梦。
奋进新跨越，
开启新征程。
和谐共同体，
商住一条龙。
财通连四海，
利达三江涌。
怀抱南明河，
青山作屏风。
日月酿精华，
乾坤容灵性。
紫气从东来，
福祉宝地盈。
人旺鼎州县，
方圆万千顷。

亭台尽相望，
楼榭竞穿空。
绿荫撑华盖，
无处不花红。
浓缩天下景，
观光轨道通。
日暮余晖落，
星稀绽华灯。
火树银花开，
流光溢彩呈。
辉煌耀神州，
胜景越天宫。

婺源

春风度江南，
芳草碧连天。
古徽舒襟怀，
笑迎朋万千。
油菜花如海，
梯田层尽染。
梨树皓雪纷，
桃花倍娇艳。
绿水漾微波，
渔歌荡扁船。
楼台悬灯笼，
民居依青山。
谁人晾红椒？
世外桃花源。
但愿陶公在，
挥毫续佳篇。
远客情未了，
携影返故园。

双河湾之行

夜下双河湾，
灯微光暗淡。
群芳芬不收，
步驱穿林间。
随处尽朦胧，
仰头望青天。
月边一颗星，
相伴不孤单。

八里沟

奇丽八里沟，
世外桃源秀。
太行塑灵魂，
神州铸风骨。
烂漫百花园，
春暮碧玉幽。
涧邃鸟惊心，
峰从人面出。
飞瀑三千尺，
雷霆动山谷。
潭深疑水染，
泉清次第流。
猕猴乐嬉戏，
野鹿鸣呦呦。
天生仙人洞，
一线雄关守。
风光无限锦，
江山万古绣。

春夜西平

春夜临柏城，
碧空挂玉弓。
漫步绿堤岸，
河蛙一片鸣。
乱花吐馨香，
芳草萋萋青。
游人陌徜徉，
情侣行相拥。
舞池几处幽，
乐曲散入风。
彩虹溪上竖，
极目霓虹灯。
回首登临处，
天街落水中。
处处竞辉煌，
疑是入天宫。

谒梁祝

同窗三载红罗山，
梁祝生爱结情缘。
十八相送恨别离，
双腿灌铅不忍前。
眷属难成共死生，
热血化蝶舞魂圆。
秋风瑟瑟蒿满冢，
睹物思人泪涟涟。

老君庙舞蹈赛歌

清风廉韵乡村飘，
激情无时不燃烧。
支支劲旅势夺魁，
观众如山歌如潮。
青春靓丽一团火，
夕阳晚霞无限好。
百花绽放齐斗艳，
气象万千看今朝。

新气象

禁烧帐篷地头扎，
公仆晓理入农家。
天朗气清人祈盼，
今日未曾起火花。
莺歌燕舞重开演，
就着云脚帷幕拉。
久违又见彩虹时，
引吭高歌党伟大。

往西江千户苗寨

尚未近苗寨，
车盘山里开。
峰上鸟飞灭，
云从对面来。

中国苗族博物馆

苗族博物馆，
延伸秋四千。
先王引部落，
迁徙黔东南。
习俗显奇绝，
文明犹璀璨。
倚山筑叠楼，
装束尽蜡染。
有银方成婚，
无梳难连理。
苗兴开年节，
不过汉历年。

夜宿西江苗寨

千户苗寨万盏灯，
犹如碧空满天星。
苗妹酒敬千席宴，
芦管声声总是情。
半山高朋赏乐舞，
歌飞云里飘入风。
海内游潮涌西江，
潮起潮落潮再生。

天中山之春

登临天中山，
夕晖洒满园。
湖水泛涟漪，
云朵戏蓝天。
游人醉春风，
童子放纸鸢。
浅草散清馨，
群芳齐斗艳。
富贵花羞涩，
含苞半遮面。
松柏尽苍翠，
杨柳丝万千。
玉兔欲东升，
飞鸟向林还。
歌声振林樾，
舞蹈迷人眼。
古城展新姿，
春光益灿烂。

情愫独有钟，
还来就牡丹。

十九大飞歌

回首壮丽五年程，
放飞复兴中国梦。
高扬旗帜定航向，
励精图治谋昌盛。

从严治党挽狂澜，
反腐肃贪固长城。
巡视利剑闪寒光，
风暴横扫“虎”与“蝇”。

铁腕撑出蓝天开，
碧水青山赏美景。
众志成城泰山移，
脱贫攻坚战必赢。

纵横捭阖携友邦，
“一带一路”成果丰。
强兴三军壮国威，

气冲霄汉展雄风。

蛟龙潜洋三万尺，
神舟相约会天宫。
天眼静卧看宇宙，
港澳跨海贯长虹。

盛会绘就新蓝图，
冲锋号令还长征。
神圣使命铁肩担，
不忘初心方始终。

四海步入新时代，
马列主义有继承。
光辉思想照征途，
勇往直前无不胜。

千锤百炼纯党性，
打铁必须自身硬。
反腐斗争初战捷，
压倒态势已形成。

继往开来铸辉煌，

革故鼎新百业兴。
保障体制全覆盖，
亿万民众享太平。

决战小康总攻起，
号角争鸣战旗红。
科技创新斗险阻，
敢教日月换新容。

施政方略见博大，
引领天下求大同。
九州巨轮又起航，
乘风破浪更前行。

醒狮怒吼震寰宇，
喜听捷报飞羽重。
华夏青史续鸿篇，
中华巨龙再飞腾。

廉花竞放

廉政文化处处花，
中原大地多奇葩。
试看天中花更艳，
清风飘香千万家。

观《巡视利剑》有感

寒光闪闪剑出鞘，
巡视利器震赤县。
火眼金睛降妖魔，
打虎拍蝇毒瘤剜。
廉政风暴扫万里，
从严治党挽狂澜。
“三清”气象春永驻，
反腐肃贪固江山。

长征(组诗)

奔赴远征

秋风萧瑟战马鸣，
十万将士迫远征。
枪林弹雨尽峥嵘，
斩关夺隘振雄风。
跋涉山川二万五，
纵横驰骋十余省。
荆棘盈途只等闲，
人类壮举震苍穹。

十送红军

老乡挥泪别英雄，
苍茫大地起悲风。
千言万语嘱红军，
鸿雁翩飞报安宁。

万般惆怅难分离，
牵手依依暮云平。
连根共本心相印，
血浓于水溢深情。

血漫湘江

蒋军围追万千重，
刀光剑影遍杀声。
敌机轰炸掷弹稠，
大地颤抖山河痛。
炮火纷飞硝烟浓，
原野焦土火光冲。
樯橹千里尸枕横，
呜咽江水未了情。

遵义之光

遵义城头亮晓星，
生死攸关乾坤定。
纸上谈兵化烟云，
正确思想掌航程。
革命之舟再扬帆，

黑夜险滩有明灯。
圣地丰碑耸寰宇，
红城功勋万古炳。

四渡赤水

崇山磅礴水奔腾，
敌军蜂拥压黔境。
调虎离山寻战机，
四渡赤水出奇兵。
乌江天险重飞渡，
兵临贵阳逼昆明。
声东击西袭金沙，
用兵如神乾坤倾。

强渡大渡河

大渡河畔波涛汹，
夹岸险峰破云层。
铁索冰冷桥板空，
敌踞要隘露狰狞。
枪炮疯狂火力猛，
白浪饮血向天涌。

十二勇士腾蛟龙，
飞夺泸定建奇功。

翻越雪山

皑皑雪山断飞鹰，
卷没太阳啸狂风。
信仰力量尽彰显，
红旗猎猎耀长空。
一路向上插云霄，
蜿蜒绵绵舞巨龙。
捐躯砌就英雄路，
悲壮高歌铸忠诚。

穿越草地

茫茫沼泽瘴烟腾，
处处血口伏陷阱。
千载草地人绝迹，
舍生红军勇入境。
暴风骤雨苍天凶，
饥饿寒冷卧泥泞。
草根皮带填空腹，

意志如钢还北征。

突破腊子口

斧劈刀削万仞峰，
一夫当关阻万兵。
黄鹤翱翔尚难过，
猿猱欲度愁不能。
敌穴坚垒气焰盛，
壮士飞崖荡野藤。
鏖战撼天泣鬼神，
碧血丹心照汗青。

胜利会师

主力会师陕甘宁，
空前绝后举世惊。
一路宣言醒民众，
播下火种势熊熊。
抡刀寒光向贼寇，
抗日救亡争先锋。
八十余年浴火生，
金樽高擎祭英灵。

合力共圆中国梦，

伟大民族正复兴。

春晚乐章

——汝南精神礼赞

东方文明源远流长
那独具魅力的
华夏精髓积厚流光
那异彩纷呈的天中文化
将这片土地次第扮靓
那奋发图强的汝南精神
壮写着生机的昂扬
那崇德尚善的汝南人民
挥挽着仁爱的彩虹
壮美着浩瀚的穹苍
那彪炳汗青的
天中伟业穿越时空
正绚丽璀璨
与日月争光

天之中是你的骄傲
汝半朝是你的荣光
一场“鸡黍之交”

让天下为之效仿
颜真卿、窦桂娘殉国于汝南
演绎出碧血丹心的千古绝唱
苏轼旅居汝南
留下了千古不朽的华章
革命烈士赖鹏、李渭滨
壮气冲天济苍生
血脉偾张书悲壮
救人英雄王宏力、李志华
奋勇扑向冲天火场
霎时
一座丰碑拔地而起
一面旗帜高高飘扬

天中的山啊
永远铭记着你们的英名
汝河的水啊
怎么会把你们遗忘
英雄圣贤
韶华永驻
万古流芳

勤劳智慧的天中儿女

怀揣一个美丽梦想
风餐露宿
寒来暑往
十万民工的滴滴汗水
汇聚成人工洞庭
创造亚州第一的辉煌
诠释了生命的伟大
彰显了磅礴的力量

是你张开宽大温暖的臂膀
为贫困群体撑起蓝天
是你投身扫黑除恶的战场
将凌厉的正义之箭
射向邪恶分子的胸膛
是你用铁的手腕
重现蓝天碧水的景象
是你培训万千群众就业上岗
筑起五彩缤纷的闪亮梦想
是你创建客运公司
善举谱写绝美华章
是你用智慧的天梯
擎起明天的朝阳
瞧桃李满园

看春风浩荡
是你不忘初心使命担当
将一个偏远小乡
一跃打造成为
全县各项工作的
领头羊
尊老爱心闪烁
友善普照阳光
是你务工他乡
大爱无疆
义举在各大媒体传扬
使汝南享誉四海
让天中名扬八方

你们是汝南新时代的脊梁
你们的风采
把汝南好人馆
装扮得金碧辉煌
你们奏出时代最强音
在天中大地上空
纵情回荡
涓涓细流终能汇聚成川
闪闪星光终将银河点亮

让我们凝聚擎天拔地的力量
为构建文明和谐汝南
为建设富饶美丽汝南
直挂云帆济沧海
劈波斩浪向远方

天中之春

出彩中原积厚流光
大美汝南名扬四方
你是景色旖旎美丽画廊
你是中国梁祝文化之乡
汝河水讲述着千年的传说
天中山见证了风云的过往
宿鸭湖万顷碧波奏响了雄浑的乐曲
南海寺雕梁画栋傲立起巍峨的殿堂
那异彩纷呈的天中文化
次第把这片土地扮靓
那奋发图强的汝南精神
挥写唯美绚丽的华章

你坐拥苍茫天下之中
你振翅扶风气宇轩昂
你吮天地之精华
你积日月之灵光
俊采星驰　凤集鸾翔

绿色的海洋焕发出蓬勃生机
广袤的田野欢腾着无限希望
倚天巨椽把城市描摹得富丽堂皇
男女老少笑成了如花似玉的模样
这里云卷云舒如梦如幻
这里彩虹飞悬当空万丈
一览长天湛湛
飒飒东风浩荡
一幅不墨仙境
醉了人间天堂

壮丽征程起航
追逐伟大梦想
新一届县委决策英明亮相
新一轮奋进战鼓已经擂响
有一种精神
实干兴邦
有一种风范
责任担当
有一种生态
清风和畅
有一种激情
斗志昂扬

有一种英姿
赶考头榜
有一种力量
锐不可当
有一种豪气
冲刺前方

大战略的宏伟构想
将铸就汝南明天的辉煌
大手笔的顶层设计
将打破汝南发展的篱墙
大气魄的全民合唱
将打开汝南崛起的亮窗
大踏步的工作推进
将为汝南插上腾飞翅膀
惠政架起通天桥梁
县委挥旗指引航向
经济发展新跨越
各业并举项目为王
乡村振兴新支撑
统筹发展齐奔小康
城市融合新局面
五区联动相得益彰

改革开放新步伐
体制臻善招大引强
文化繁荣新景象
时代主旋律更响亮
生态美县新成效
渔都水城令人神往
幸福家园新水平
发展成果全民共享
党建工作新加强
擎天拔地凝聚力量
治理效能新提升
人民江山万年久长
坚强的领导怎不让人欢欣鼓舞
美好的前景怎不令人心潮激荡

宏伟蓝图精妙裁
鲲鹏展翅遨穹苍
龙翔虎跃恰逢盛世
引领潮头红旗高扬
你将打造产业的航空母舰
你将开启经济的宇宙飞船
你让天下聚焦汝南
你让汝南闪亮八方

三国水浒影视城怀想

谁把江山扛在肩头
谁把历史搬上银幕
谁让金戈铁马气势如虎
谁让刀光剑影血拼胜负
一回回传奇故事精彩上演
一个个独步英雄叱咤银幕
大地如棋局
世人争荣辱
是非成败多少事
不尽长江滚滚流
苍天不会老
相思长飞度
离愁别恨千万绪
人间没个安排处
万顷波上
你是星河散落的璀璨明珠
天堂人间
你是那瑶池里的凤阁龙楼

芳菲江南
你将玉树琼枝挂满山岭湖泊
吴越形胜
你是八方神往的“东方好莱坞”
登临极目
烟波太湖
归帆去舟
画桥几重杨柳
看云卷又云舒
层楼栉比
繁华竞逐
落霞鸥鹭飞舞
你是一首三国争战的雄浑乐曲
你是一本厚重的深邃历史天书
一代枭雄
征吴伐蜀战不休
横扫中原成魏主
年少万兜鍪
坐断东南四百州
气动风雷
割据雄图
几顾寻计茅庐
鼎立三足

开国天府

三英战吕布

杀气腾腾金鼓连天

战马萧萧壮气吞牛

十步杀一人

千里不留行

遥想当年赤壁

谁借东风

谈笑间

樯橹灰飞烟灭

你是一条穿越时空的神秘隧道

你是一幅波澜壮阔的历史画卷

恩仇赋水浒

群雄共聚首

一百单八将

犹似出海蛟龙

如同下山猛虎

翻江倒海

腾云驾雾

视死如归尽显英雄本色

豪歌狂饮挥洒壮士气度

遇见奸佞一声吼

荡尽天下不平路

立马横刀
铮铮傲骨
义胆含四海
忠肝盖九州

诗界盛典举国瞩目
才子佳人荟萃东吴
彩云集结为你撑起华盖
微风习习为你吟诗作赋
群峰列队为你相迎
长湖扬波为你欢呼
旷世骚人谁铸
文学殿堂耸矗
梦幻影视之都
谁人演尽千秋戏
不墨山水之城
谁人一步一回首
你是精妙绝伦的传说
谁个时时刻刻争品读
你是瑰丽无比的梦境
谁个永永远远走不出
听天籁之音
看江山画图

谁甘寂寞守蒹葭
我欲乘风直上
万里长空踱步